Le talon d'Achille

Premières lectures

Je commence à lire tout seul.
Une vraie intrigue, en peu de mots, pour accompagner les balbutiements en lecture.

Je lis tout seul.
Une intrigue découpée en chapitres pour pouvoir faire des pauses dans un texte plus long.

Je suis fier de lire.
De vrais petits romans, nourris de vocabulaire et de structures langagières plus élaborées.

Hélène Kérillis a plongé dans la mythologie grecque dès l'enfance et ne cesse de la revisiter. Elle aime aussi l'art et les voyages, la lecture et l'écriture, qui donnent de si belles couleurs à la vie

Grégoire Vallancien dessine depuis toujours, il aime beaucoup ça. Il aime aussi Paris et la Méditerranée, les romans policiers et la mythologie. Dessiner des histoires et surtout... en lire à ses enfants!

Responsable de la collection :
Anne-Sophie Dreyfus
Direction artistique, création graphique et réalisation : DOUBLE, Paris

ISBN : 978-2-401-02416-8
ISSN : 2497-0166

Loi n° 49956 du 16 juillet 1949 sur les publications destinées à la jeunesse.
Achevé d'imprimer par Clerc à Saint-Amand-Montrond - FRANCE
Dépôt légal : 02416 8/02 - Novembre 2016

MA PREMIÈRE MYTHOLOGIE

Le talon d'Achille

texte adapté par Hélène Kérillis
illustré par Grégoire Vallancien

Hatier jeunesse

Fils d'un humain et d'une déesse, **Achille** n'est qu'un demi-dieu.

Patrocle, l'ami de toujours.

La déesse **Thétis**,
mère d'Achille.

Hector,
le roi des Troyens.

CHAPITRE 1
Un fleuve magique

Un bébé vient de naître. Et pas n'importe lequel. C'est le fils du roi grec Pélée et de la déesse Thétis. Au palais, tout le monde se réjouit. Le roi prend le nouveau-né dans ses bras et déclare fièrement :
– Nous l'appellerons Achille !

Thétis regarde son bébé avec amour et inquiétude à la fois. Elle est une déesse, mais le roi est un être humain. Cela signifie qu'elle est immortelle, tandis que Pélée mourra un jour. Leur fils Achille n'est qu'un demi-dieu : il aura une force divine, mais il mourra comme son père.

– Non! se dit Thétis. Je veux changer le destin de mon enfant!

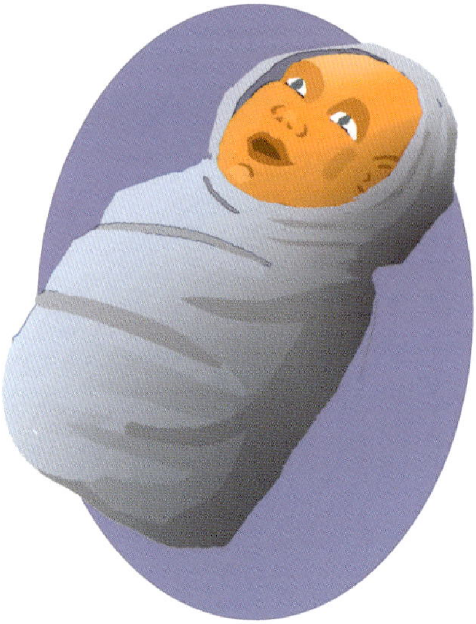

Un soir, Thétis quitte le palais en secret avec le bébé. Ce qu'elle va faire est dangereux, elle le sait. Mais elle ne voit pas d'autre solution pour protéger son fils.

– Direction les Enfers!

Thétis franchit la frontière qui sépare les vivants et les morts. Des fantômes la frôlent en gémissant, mais la déesse avance courageusement.

Thétis arrive près du grand fleuve magique des Enfers : le Styx. Ses eaux noires et froides sont terrifiantes.

La déesse frissonne. Si son bébé ne supportait pas le choc ?

– Ce n'est plus le moment de reculer ! se dit-elle.

Vite, elle déshabille Achille, le saisit par le talon et le plonge dans les eaux du fleuve infernal.
L'enfant pousse un cri et se débat. Mais déjà, Thétis le retire de l'eau et le serre contre elle avec amour.
– Grâce au fleuve, tu es protégé! Désormais, aucune blessure ne pourra causer ta mort!

CHAPITRE 2
La gloire d'Achille

À la grande joie de Thétis et de Pélée, Achille est devenu un beau jeune homme. Un peu colérique, mais plein de force et de courage.

C’est alors qu’une terrible nouvelle arrive : la guerre est déclarée entre les Grecs et les Troyens.
Le roi des Grecs vient chercher Achille pour aller combattre Troie.
– Tu es le meilleur! Nous avons besoin de toi!
– Non! Non! s’écrie Thétis.
En plongeant Achille dans les eaux du Styx, la déesse a réussi à le protéger de toutes les blessures, sans pouvoir lui éviter la mort cependant. Or, on lui a prédit que si Achille partait à Troie, il deviendrait célèbre mais il mourrait jeune.

– Et si je reste ? demande Achille à sa mère.
– Tu vivras longtemps, aussi longtemps qu'un humain peut vivre !
– Oui, mais personne n'entendra jamais parler de moi...
Une vie courte et glorieuse ou bien une vie longue et sans gloire... Le choix d'Achille est vite fait :
– Je pars !

Achille n'est pas parti seul : Patrocle, son ami de toujours, l'accompagne. Sous les remparts de Troie, tous deux livrent bataille avec courage. Grâce à sa force de demi-dieu, Achille mène les Grecs à la victoire.

Il rapporte des armes prises aux ennemis, des marchandises, des prisonniers. Quand on en vient au partage du butin, le roi donne la plus belle part à Achille.

Un jour, les Grecs attaquent un village non loin de Troie et capturent des esclaves. Parmi eux, se trouve une belle jeune fille nommée Briséis.

– Elle sera ta servante ! dit le roi à Achille.

Il garde pour lui d'autres esclaves
à mettre à son service.
Mais quelques jours plus tard,
il regrette son choix.
Il convoque Achille et lui dit :
– Je t'ordonne de me donner ta captive
Briséis !
– Te donner ma captive ? Jamais de la
vie ! proteste Achille.
Car un tendre sentiment est né entre
Achille et Briséis.
– Je suis le roi ! Tu me dois obéissance !

Achille a beau protester, des gardes viennent jusque dans sa tente pour emmener la jeune fille.
La tristesse et la rage s'emparent d'Achille.
– Très bien! déclare-t-il. Puisque c'est comme ça, je n'irai plus au combat! Que le roi se débrouille tout seul!

Achille tient parole. Les jours suivants, les Troyens emportent la victoire dans toutes les batailles. Les morts et les blessés se comptent par dizaines dans le camp des Grecs.

CHAPITRE 3

Un cheval qui parle

Patrocle ne supporte pas toutes ces défaites. Il supplie son ami :

– Tu ne peux pas laisser tuer nos compagnons ! Reviens sur le champ de bataille !

Mais Achille refuse de quitter sa tente.

Patrocle n'y tient plus :

– Moi, j'y vais ! déclare-t-il.

– Fais ce que tu as décidé. Tu es mon ami, alors je te prête mes armes : c'est un dieu qui les a fabriquées sur l'ordre de ma mère, elles m'ont toujours protégé !

Quand Patrocle arrive sur le champ de bataille, les ennemis le prennent pour Achille. Ils s'enfuient. Sauf Hector, le fils du roi des Troyens.

– Tu vas payer pour tous ceux que tu as tués! crie-t-il.

Hector se jette sur Patrocle. Le combat est sauvage, violent, sans pitié. Hector est le plus puissant des guerriers troyens. Il porte un coup si fort que la cuirasse cède. Patrocle s'écroule sur le sol. Les dieux lui ôtent le souffle de la vie. Hector soulève la visière du casque.

– Mais… Ce n'est pas Achille que j'ai tué !

La nouvelle court jusqu'à la tente d'Achille : Patrocle est mort !
– Mort ? Mon ami ? Ce... ce n'est pas possible... balbutie Achille.
Il éclate en sanglots.
– C'est de ma faute ! Je n'aurais jamais dû le laisser partir !
Puis Achille se redresse, plein de fureur.
– Je le vengerai !
Quelques jours plus tard, Achille reçoit de nouvelles armes envoyées par sa mère. Il s'apprête à monter à cheval pour se rendre sur le champ de bataille. Mais l'animal fait un écart.
– Holà ! Tout doux ! s'écrie Achille.
Le cheval secoue la tête avec un hennissement. Achille lui caresse les naseaux. Alors, l'animal se met à parler :
– Achille, n'y va pas ! Tu mourras si tu reprends les armes !

CHAPITRE 4

La flèche mortelle

Achille appuie son front contre le museau de son cheval. Il pèse le sens des mots. Puis il dit :

– Je sais ce que je fais!

Et d'un bond, il est sur son cheval.

Il parcourt la plaine de Troie en attaquant tous ceux qu'il trouve sur son passage. Il pense à Briséis... à Patrocle... La tristesse rend Achille comme fou. Il frappe de toutes ses forces.

À grands coups d'épée, Achille poursuit ses ennemis jusque sur les bords du fleuve Scamandre. Il fait tant et tant de carnage que le fleuve n'en peut plus :

– Arrête! Arrête ton bras! Je ne veux plus porter tous ces cadavres dans mes eaux!

– Tant que je n'aurai pas vengé Patrocle, je ne m'arrêterai pas!

Hector le sait : c’est lui qu’Achille
recherche. Pour éviter d’autres morts,
il va à sa rencontre. Maintenant,
le champ de bataille est vide.

Les deux ennemis sont face à face.
– Tu as tué mon ami !
– Tu as tué mes compagnons !
Les deux héros se jettent l'un contre l'autre. On dirait deux géants en fureur.

Et c'est Hector, le héros troyen, qui perd la vie. Sur les remparts de Troie monte une clameur de désespoir.
Mais la victoire d'Achille est de courte durée. Il a fait trop de morts. Apollon, le dieu qui protège Troie, décide d'agir. Il sait où frapper.
Alors, quand un guerrier troyen vise Achille, le dieu dirige la flèche au seul endroit que les eaux du Styx n'ont pas protégé : le talon, par lequel Thétis tenait son fils. Achille tombe à terre.

Son âme descend aux champs Élysées et rejoint les héros morts. Sur Terre, on célèbre encore ses exploits hors du commun. Ainsi, Achille a eu le destin qu'il s'est choisi : une vie courte mais pleine de gloire.